Jackie Niebisch

Die Schule der kleinen Vampire

Der Albtraum

Jackie Niebisch

Die Schule der kleinen Vampire

Der Albtraum

cbj

Liebe Eltern!

Wenn ihr Eure Kinder wirklich liebt, nehmt euch bitte etwas Zeit zum Nachdenken, bevor ihr ihnen leichtfertig den nächstbesten modischen Namen verpasst.
Sonst könnte es Euren Schützlingen mal ähnlich ergehen wie Ashley in dieser Geschichte. Denn es ist eine unumstößliche Wahrheit, die da besagt: Nomen est omen! Der Name bestimmt das Schicksal. Und das gilt nicht nur für Vampirschüler.
Zusätzlich empfehlen Pädagogen (diesseits und jenseits Transilvaniens): nicht so viel schimpfen, wenn die Kleinen mal was ausgefressen haben. Und wenn Schimpfen unvermeidlich ist, dann wenigstens keine Sachen sagen wie:
»Wir haben's ja immer gewusst.«
»Mit dir wird's noch ein böses Ende nehmen.« Oder: »Wenn du so weitermachst, landest du noch mal auf dem Kehrblech!«
Denn solche Prophezeiungen haben's in sich und werden schneller wahr, als man denkt ...

Wenn kleine Vampire träumen ...

... dann tun sie das meistens in einem bequemen, weichgepolsterten Fichtensarg, den Kopf in ein großes, weiches Kissen versteckt, und zum Schutz gegen die ewig klamme Feuchte, die aus den Tiefen der Grüfte steigt, haben sie sich in eine dicke, warme Decke gehüllt.

Am liebsten träumen sie von schönen und aufregenden Dingen. Gruftine zum Beispiel von romantischen Vollmondnächten auf paradiesischen Friedhöfen. Tinto von wilden Fledermausflügen, Fletscher von einem dicken Konto auf der Blutbank und Krümel natürlich von einem supersüßen Diabetiker mit ganzen Haselnüssen im Blut.

Wenn Ashley träumt ...

Doch was ist mit Ashley?
Statt süßem Traum wachte er eines Nachts schweißgebadet auf.
Schien etwas verwirrt.
Kleine Wölkchen stiegen über ihm auf. Was ganz normal ist, wenn er sich nicht wohlfühlt. Aber diesmal qualmte er immer heftiger.
»Was ist los mit dir, Ashley?«
Ashley: »Ich hatte einen furchtbaren Traum. Den schrecklichsten, den ein Vampir je haben kann!«
»Erzähl! Lass hören!«
Sie stellten Ashley aufs Lehrerpult, um sein verrauchtes Stimmchen besser hören zu können.

Und Ashley fing an:
»So was Verrücktes hab ich noch nie geträumt. In meinem ganzen untoten Leben nicht! Ein richtiger Albtraum.«
»Albtraum? Was denn in Draculas Namen! Rück raus damit.«
Ashley konnte einen wirklich auf die Folter spannen.
»Bist du durch eine Prüfung gefallen?«
»Schlimmer.«
»Hat dich Polidori mit tausend Knollen Knoblauch verfolgt und du bist wieder nicht vom Fleck gekommen?«
»Noch schlimmer.«
Was kann noch schlimmer sein?
»Kommt näher«, flüsterte Ashley, und dieses feuchte Etwas unter seinen Augen, das so im Mondlicht schimmerte, waren jetzt keine Schweißperlen mehr, sondern kleine rußige Tränen.
»Ich hab geträumt, ich wär kein Vampir mehr. Ich war sogar weit davon entfernt, ein Vampir zu sein ...«
»Kein Vampir mehr? Was warst du dann?«
»Stellt euch vor, ich war ein Aschehäufchen! Ein kleines graues, leise vor sich hin rieselndes Aschehäufchen. Mit zwei glühenden Kohlen als Augen. Und ich schlief nicht, wie ihr, in einem gemütlichen Fichtensarg, sondern verbrachte meine Nächte auf einem kalten Kehrblech. Aber jetzt bin ich froh, dass alles vorbei ist. Nur eins versteh ich nicht. Was will der Traum mir sagen? Warum träum ausgerechnet ICH so was? Muss doch einen Grund haben!«

»Ganz einfach, Ashley. Weil, du BIST ein kleines, vor sich hin rieselndes Aschehäufchen!«

»?«

»Du HAST zwei dicke fette glühende Kohlen als Augen.«

»?«

»Und du VERBRINGST deine Nächte auf einem kalten Kehrblech.«

Zuerst etwas Stille.

Ashley war echt überrascht, und dann, mit direktem Blick auf den Handfeger, hakte er noch mal nach: »Ihr meint also, ich habe nicht geträumt? Das, was ihr grade vor euch seht, ist ein Aschehäufchen?«

»Was wir vor uns sehen und hören, ist ein Aschehäufchen.«

Ashley war wieder ganz erleichtert: »Wenn das wirklich so ist, beweist das ganz klar, dass ich nicht wach bin, sondern noch träume.«

»Du träumst nicht, du bist wach ...«

»Ich träume ...«

»Du bist wach ...«

Zwick mich

Wie kann man jemandem den Unterschied zwischen Traum und Wirklichkeit klarmachen? Nebenbei bemerkt nicht nur eine Angelegenheit für Aschehäufchen, sondern seit jeher eine der großen Fragen der Vampir- und Menschheit.
Zähnchen hatte die längsten Fingernägel und versuchte als Erster, Ashley wach zu zwicken.

Eine altbewährte und lebenssichere Methode. Er zwickte und zwackte überall hinein.
Zuerst in die Oberasche, keine Reaktion, dann in die Unterasche, wo es normalerweise besonders wehtut.
Aber auch dort kein Autsch! und kein Aua! Angeblich träumender Ashley spürte rein gar nichts!

Als ihn die andern Klassenkameraden kniffen, Gruftine ihn pikste, Krümel in ihm rumstocherte, ebenfalls null Gefühl.
Selbst Fletschers großer Wach-beiß-Versuch überzeugte Ashley nicht im Geringsten. Ging absolut spurlos an ihm vorüber.

Und das, obwohl Fletscher extra Anlauf genommen, seinen Umhang zurückgeworfen, die Krallen weit vorgestreckt, die Zähne grimmig gefletscht und sich dann mit wildem Geheul: »Ich beiß dich wach, du kleines Aschehäuflein! Dein letztes Traumstündlein hat geschlagen!« auf Ashleys Kehrblech gestürzt hatte!

Und hinterher selber wie ein Ascheimer aussah. Mit ziemlich bitter Geschmack im Mund.
Nein, Fletschers Zähne kratzten ihn rein gar nicht!

Das einzige mit dem man Ashley jetzt noch überzeugen konnte, war der ...

... Spiegeltest!

Jeder weiß, dass sich Vampire im Spiegel nicht sehen können. Nicht den Hauch einer Reflektion. Doch bei Vampir-Asche ist das anders. Die kann sich nämlich im Spiegel sehen!
Klar und deutlich, zu jeder Nachtzeit, vierfarbig und in allen Schattierungen.
Nachdem sie ihn wieder zusammengefegt und fein säuberlich aufs Kehrblech geschichtet hatten, stellten sich alle zusammen mit Ashley vor den großen Spiegel. Und wie erwartet, alles, was Vampir war, konnte man NICHT darin sehen.

»Ich sehe mich eindeutig nicht«, stellte Zähnchen fest.
Und Gruftine: »Ich mich auch nicht.«
Olli und Tinto sahen sich ebenfalls kein bisschen.
»Und ich bin **besonders** gut nicht zu sehen!«, sagte Krümel!
»Und ich erst!«, jaulte Fletscher, blutrünstigster und unsichtbarster aller Vampire. »Ich bin am allermeisten nicht zu sehen.«

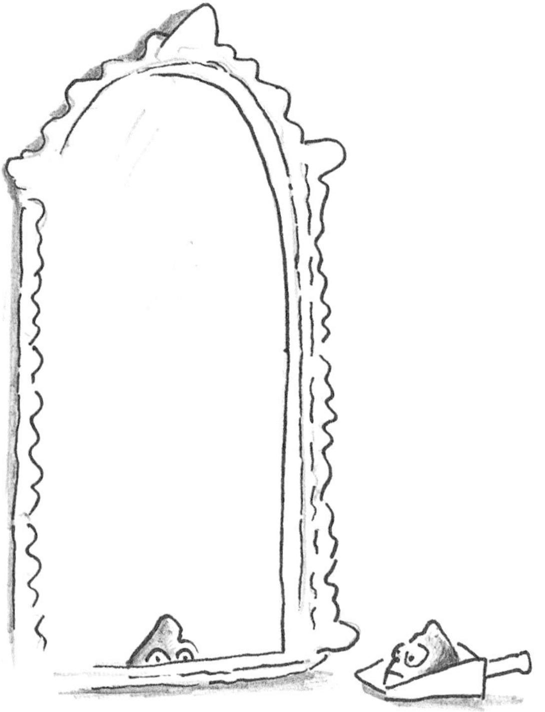

Doch was war mit Ashley? Ashley war am wenigsten nicht zu sehen. Genauer gesagt, er war am meisten zu sehen. Klar und deutlich.
Wo denn klar und deutlich? Das da unten? Ashley ist irritiert. Das soll ich sein? Dieses graue, hügelige Etwas am Bildrand?

Damit er sich besser erkennen konnte, hob Zähnchen ihn einfach ein Stück höher, und siehe da, jetzt war kein Zweifel mehr möglich. Nicht der geringste.
Es war kein Traum, sondern Wirklichkeit. Ashley war ein kleines Aschehäufchen.

Wie er sich so ungläubig anschaute, von links nach rechts, von einem kohleglühenden Auge zum andern, vom Fuß des grauen Aschehügels bis zum staubigen Gipfel, da wurde er plötzlich ganz still. Stiller und stiller. So still, dass die stille Nacht gar nichts war dagegen.

Auch Aschehäufchen haben mal groß angefangen

Ashley war nicht immer so still gewesen. Wenn ihr's genau wissen wollt. Im Gegenteil.

Hatte einst nicht nur die größte Schultüte Transilvaniens ...

... sondern auch die grösste Klappe.

Und statt Latzhose trug er gleich eine fetzige Lederjacke.
Irgendwann, eines Nachts, muss dann zusätzlich was unheimlich Cooles in ihn gefahren sein, wie der Blitz, denn von da an wusste er immer genau, wo's langgeht und was Sache ist.
Konnte alles besser.
Wusste alles besser.
War ein Rapper und ein Rocker und haute
mit seiner Coolness echt jeden vom Hocker.
Und alle Klassenkameraden schauten
voll zu ihm auf.

Wenn die Kids erwartungsvoll und mit aufgeschlagenen Heften den Worten Oxfords lauschten, hing Ashley immer besonders lässig in seiner Bank.

»Schule ist unnötiger Stress, sag ich euch!« Und warnte alle: »Glaubt bloß nicht immer, was der Lehrer erzählt.«

Schlichte Fichte

Als er neu in die Schule kam und Nestor ihm seinen Schlafplatz zeigte, motzte er gleich standesgemäß, von wegen alte Fichtensärge, total uncool!
»Bei meiner alten Penne gab's echtes Eichenholz, mit Silberknauf und Einlegearbeiten vom Feinsten.«
»Was, du warst schon mal auf einer Schule?«, wunderten sich alle.
»Warum jetzt nicht mehr?«
»Bin runtergeflogen.«
»Runtergeflogen?«
»War zu clever für die. Lehrer mögen es einfach nicht, wenn man schlauer ist als sie!«
Das kann schon sein.

Auf jeden Fall
mögen es Vampirlehrer nicht ...

... **W**enn man im Musikunterricht stört, absichtlich falsch singt und Faxen macht.
So wie Ashley.
Und sie haben keinerlei Verständnis dafür, wenn man nicht ordentlich »Der Mond ist aufgegangen« singen will. Und sich stattdessen aus dem Notenblatt einen Hut bastelt.
So wie Ashley.

Und sie finden es sogar recht traurig, wenn man das ganze schöne Lied lernen soll, aber hinterher nur anderthalb Zeilen auswendig kann. So wie Ashley:

»Der Mond ist aufgegangen,
die goldnen Sternlein leuchten ...
Kann ich mich wieder an meinen Platz setzen?«

»Moment«, stoppte ihn Oxi. »Es muss anders heißen. Die goldenen Sternlein ... was tun die goldnen Sternlein am Himmel?«
»Sie leuchten ...«
Oxford versuchte es mit einer kleinen Hilfestellung: »Das, was die Sternlein machen, muss sich reimen. Was reimt sich auf ›AUFGEGANGEN‹?«
»... LEUCHTEN ...«
Sosehr sich unser Vampirlehrer auch Mühe gab, Ashley schaltete auf stur. Weigerte sich, das gesuchte Wort auszusprechen. Wäre angeblich zu uncool und passte nicht zur Lederjacke.

Der Mond
ist
aufgegangen

die goldnen
Sternlein
prangen'

Grelle Tageslichtkugel

Außerdem hatte er sowieso keinen Bock auf die ganzen Mond-und-Sternlein-Sachen. Wenn er es sich genau überlegte, stand er eigentlich mehr auf SONNE.

»... auf Ssss...?« Oxi war sichtlich besorgt.

Oh, jugendliche Torheit! Weiß er denn nicht, dass jene grelle Tageslichtkugel unser größter Feind ist?
Und dass der einzige Schutz vor ihr darin besteht, pünktlich nach Monduntergang im Sarg zu liegen?
Ashley kaute locker an seinem Spidergum weiter.
»Warum eigentlich?«, fragte er und zog sich ein Stück Spinne durch die Zähne.
Oxford konnte über so viel Unwissenheit nur den Kopf schütteln.

»Weil, wie jeder eigentlich wissen sollte, ein Vampir, der den Strahlen jener grellen Tageslichtkugel ausgesetzt ist, zu Staub und Asche zerfällt.«

»Aha«, meinte Ashley. »Einfach so. Riesel, riesel. Und warum bitte ausgerechnet zu Asche? Könnte doch auch Stein sein, oder 'ne coole Marmorstatue. Oder 'ne Puddingfigur mit Karamelsoße. Wie wär's mit 'ner leckeren Blutwurst?«

Die ganze Klasse musste lachen.

Nur Oxford nicht. Er konnte es nicht leiden, wenn Schüler alles infrage stellten.

»Weil das ein Naturgesetz ist.«

Omen und Basta.

Das S-Wort

Und es ist ebenfalls ein Naturgesetz, dass ein Vampirschüler nicht ständig das Wort SONNE in den Mund nehmen soll.
Wie Ashley.
Weil es bei häufigem Gebrauch die Zunge verbrennt!
»Cool! Die Zunge verbrennt?«
Das musste Ashley sofort ausprobieren.

Jedes Mal wenn Oxford sich zur Tafel drehte, nahm er das S-Wort in den Mund und rief: »SONNE!«
»Wer war das?«
»SONNE!«
Woraufhin er prompt einen Klassenbucheintrag kassierte.
»SONNE, SONNE, SONNE ...«
Nach fünfzig Klassenbucheintragungen checkte Ashley seine Zunge. Und sie war, SONNE, SONNE, SONNE, weder zu Asche und Staub zerfallen noch, SONNE, SONNE, SONNE, verbrannt! Was wieder mal klar bewies, dass Lehrer viel erzählen, wenn die Nacht lang ist ...

Wo ist Ashley?

Dass Krümel heut zum Unterricht wieder zu spät kam, war nichts Ungewöhnliches. Und dass Tinto seine Hausaufgaben vergessen hatte, sowieso.

Aber dass Ashley heut nicht motzte, war doch sehr auffällig. Dass man von ihm nichts hörte und sah, dass er genau genommen überhaupt nicht da war!

Nicht im Klassenzimmer, nicht in der Gruft. Sein Sarg war leer, Schulmappe lehnte verlassen am Deckel, Zahnbürste und Schmirgelpapier unberührt.

Statt seiner tauchten ein paar Rauchwölkchen vor dem Fenster auf, wurden immer dicker, verteilten sich im Klassenzimmer, zogen durch die Grüfte und Gemäuer, krochen in alle Ritzen, selbst unter den marmornen Sargdeckel Seiner Exzellenz Graf Lester, der da hustend und erschrocken aus dem Tiefschlaf fuhr.

Was war passiert? Schule brannte? Glücklicherweise nicht! Die Gruft stand ebenfalls nicht in Flammen. Und der Wald stand immer noch schwarz da und schwieg ganz unverbrannt.

Doch was da aus den Wiesen stieg, war kein weißer Nebel wunderbar, sondern schwarzer Qualm. Der bei genauerem Hinsehen nicht aus der Wiese kam, sondern aus Ashleys schwarzer Lederjacke ...
Doch wo war Ashley?
Wo bist du?
»Hiiiea ...«, rief ein heiseres, verrauchtes Stimmchen. Das irgendwo zwischen dem Qualm und den Flammen herröchelte.
»Wo?«
»Hie-hier ...«
Alle flitzten zum Unfallort. Aber zu spät.
Ashley war nur noch ein Häufchen Asche!
Verbrannt von den Strahlen jener grellen Tageslichtkugel, auch Sonne genannt. Er hatte sie herausgefordert. Erst durch Worte, dann mit Taten. War tagsüber heimlich aus dem Sarg geschlichen und hatte sich mitten unter ihre Strahlen gestellt. Und sich anschließend, obwohl schon knallrot und aus den Ohren rauchend, noch ein Sonnenbad auf der Schlosswiese genehmigt.
Wie er jetzt dort vor sich hinkokelte, war selbst den Feuerwerwölfen zum Heulen zumute. Doch dafür war jetzt keine Zeit. Schnelles Handeln war gefragt.

Erste Pusthilfe

Nur, was tun bei Vampiren, die sich verbrannt haben? Die eigentlich immer noch brennen, zumindest, autsch!, nicht anfassen, weil, Vorsicht, sind noch heiß!
Ja, was macht man da genau?
Ashley brannte und brannte, und sein Stimmchen wurde immer heiserer und leiserer.

»Hilfe... Macht irgendwas, steht doch nicht so rum, tut was!«

Hätten sie regelmäßig den Erste-Hilfe-Kurs besucht, dann hätten die kleinen Vampirschüler gewusst, dass man Flammen mit einem Tuch erstickt. Und dass man auf keinen Fall pusten darf. Denn wenn man pustet, verteilt man die Asche nicht nur in alle vier Winde, sondern über den ganzen Waldboden.
Aber sie wussten es nicht besser und pusteten, so kräftig sie konnten.

So lange, bis sie Ashley von Neuem zusammensuchen mussten. Zwischen Gräsern und Pilzen, von Tannenzweigen herunter und aus Mauerritzen.
Dann schüttelten sie die Jacke aus, checkten die Ärmel, suchten im Innenfutter, besonders in den ganzen Falten, wo sich immer viel ansammelt, hinterm Kragen und im Reißverschluss.

Auch die Schuhe nicht vergessen.
Schön ausklopfen.
Und natürlich die Socken.
Da rieselt immer jede Menge raus.
Anschließend alles zusammengehäuft, und ab die Post.
Erst wollten sie Ashley per Plastiktüte in die Krankengruft befördern. Aber er war noch zu warm, glühte stellenweise noch, sodass er immer wieder durch die Tüte schmolz und zu Boden rieselte.

So wurde Krümels kleiner Spielzeugsarg, den er immer hinter sich herzog, zu Krümels kleinem Krankenwagen, auf dem das ganze Ashleyhäufchen einfach draufgeschippt und sicher zur Krankengruft gezogen wurde.

Knifflige Operation

Um es gleich zu sagen, es sah nicht gut aus für unsern Ashley. Obwohl kaum Hoffnung bestand, versuchte Dr. Eisenbluth eine kleine Notoperation.
Statt Tupfer, Watte, Schere hieß es Tupfer, Harke, Sieb. Denn zuerst musste er mal herausfinden, was Vampirasche und was dampfender Waldboden war. Aufgesammelter Patient hatte sich nämlich inzwischen mit Tannennadeln, Kieselsteinchen, Ameisen und verkokelten Plastiktütenresten vermischt.
Nachdem alle Haufen auf dem OP-Tisch verteilt waren, siebte er sie der Reihe nach durch, rüttelte und schüttelte sie, so lange bis ein kleines, aber reines Häufchen Ashley übrig blieb.

Und setzte, Pünktchen, Pünktchen, Komma, Strich, fertig war das Ashleygesicht, Zähne und Augen wieder an die passenden Stellen ein.

»Und nu?«, schüttelt der Graf den Kopf. »Wie lange dauert es, bis unser Schüler wieder GANZ gesund ist? Und wieder am Unterricht teilnehmen kann? Eine Woche? Zwei Wochen? Oder gar erst in drei?«

Falls kein kleines Wunder geschah, schätzte der Doktor, so in ungefähr 700 bis 800 Jahren.

»800 Jahre?«

»Vorausgesetzt, er lebt gesund. Hat viel Mond. Und raucht nicht.«

In der Krankengruft

Als Ashley wieder zu sich kam, fühlte er sich so anders. Anderser als je zuvor. So leicht und grau. Wie soll er sagen, so nichtig und verwehbar …

»**W**o bin ich?«
Wunderte sich, was er hier überhaupt zu suchen hatte. Was die Krankenschwester von ihm wollte. Wozu diese merkwürdige viereckige Spritze, die sie in der Hand hielt, und dieses behaarte Ding daneben?
Das wäre keine Spritze, sondern ein viereckiges Kehrblech. Und das behaarte Ding ein Handfeger. Zwei wichtige Instrumente, an denen sie jetzt mit ihm üben wollte.

»Was denn üben?«
Ashley brauchte nichts zu üben.
Doch musste er was üben. Sich vorbereiten auf sein zukünftiges Dasein als Aschehäufchen. Lernen, wie man sich im Notfall selber aufkehren kann, wenn niemand da ist oder der Wind bläst. Und wie man sich allein über den steinigen Gruftboden bewegt, und wieder zurück auf die Kehrblechkante robbt ...

Großes Geflatter am Abendhimmel

Alles, was Fledermausflügel hatte, war unterwegs. Eltern und Angehörige. Alle, die von jenem schrecklichen Unglück gehört hatten. Jenem Unglück, von dem alle redeten.

Angeblich hatte sich ein Schüler verbrannt, einer der ihren. Aber welcher?
Mit schrillem Geheul und Gepiepse waren sie aus ihren Grüften hochgefahren, hatten sich in die Lüfte geschwungen und voller Sorge zur Schule aufgemacht. Über der immer noch Rauchschwaden hingen.
Am meisten besorgt waren Ashley Eltern.
Hatten gleich so ein komisches Gefühl. Je näher sie kamen, desto nervöser wurden sie.
»Ob der Junge wieder was angestellt hat?«
Vampireltern haben einen siebenten Sinn für ihre Schützlinge.
»Würde mich nicht wundern ...«
»Bestimmt wieder gezündelt ...«
Kaum gelandet, verlangten sie sofort ihren Ashley zu sehen.

Beschwichtigung

Aber sie könnten ihn nicht sofort sehen.
Wieso? Sie wollten ihn aber sehen! Auf der Stelle!
Ginge nicht im Moment.
Wieso ginge das nicht? Sie als Eltern hätten ein Recht darauf, ihn zu sehen!
Es ging deshalb nicht sofort, weil der Schule der Vorfall äußerst peinlich war, superpeinlich, und Oxford erst schnell noch ein bisschen Ashley in die Lederjacke zurückschütten musste. Um den äußerlichen Gesamteindruck zu verbessern. Und damit ein bisschen die Gemüter zu beruhigen. Wer wollte schon einen Schüler auf dem Kehrblech präsentieren?
Aber vergebens. Nichts schien verbessert oder beruhigt, weder innerlich noch äußerlich.

Lederjacke, äußerlicher Gesamteindruck

Als sie ihren Ashley endlich zu sehen bekamen, ihn sahen und sahen, immer mehr ansahen, nicht aufhören konnten mit Ansehen, bis sie ihn fast anstarrten, wie er da auf der Schulbank mit ausgebreiteten Ärmeln aus seiner Lederjacke äugte, stockte Herrn und Frau Ashley der Atem. Blieben ihnen vor Schreck die Fledermausflügel klemmen.

Oxford versuchte zu trösten. Keine Panik. Sähe alles schlimmer aus, als es war. Mittlere Verbrennungen, ein paar Hautabschürfungen. Wie sie halt auf jedem Schulhof vorkommen.

»Das wird schon wieder!«
»Das wird nie wieder! Wie soll das wieder werden? Asche ist Asche und bleibt Asche …«
Und dann fingen sie an, bitterlich zu weinen.

»Wir hatten ihnen einen vollständigen Schüler anvertraut, nicht wahr? Konnte laufen, fliegen, beißen, Blut saugen, nicht wahr? Und jetzt?!«
Was jetzt?
Ja, genau, jetzt wollten sie, nein, jetzt müssten sie plötzlich unbedingt wissen und zwar wieder sofort und auf der Stelle …
Was aus Ashley wird?
… wie das passieren konnte! Wer dafür verantwortlich war!
In diesen Dingen sind Vampireltern den Menscheneltern sehr ähnlich. Wenn sie ein Unglück nicht mehr ungeschehen machen können, suchen sie Trost und Heilung darin, herauszufinden, wer Schuld daran hat. Müssen es genau wissen. Und lassen nicht mehr locker. Beißen sich daran fest, wie an einer Halsschlagader.

Die große Wer-hat-Schuld-Konferenz

Deshalb wurde umgehend der große vampirische Rat einberufen. Eine Versammlung von Eltern und Angehörigen. Draculas Enkel und Onkel. Das ganze Oberschulamt, alle waren erschienen. Besonders begrüßt wurde Seine Eminenz Nasferatu. Nicht nur der oberste aller transsilvanischen Richter, sondern auch der weiseste. Bekannt dafür, mit seiner spitzen Nase noch jeden Schuldigen gefunden zu haben.

Ein heftiges Beraten begann, ein Heulen und Fingerzeigen. Und nach einigem Hin und Her, Dagegen und Dafür, die entscheidende Frage:
Wer hatte Schuld?
Graf Lester?
Nein. Schulleitungen haben nie Schuld.
Dr. Eisenbluth?
Auch nicht. Hatte klar sein Bestes gegeben.
Und jene grelle Tageslichtkugel,die Sonne?
War ebenfalls nicht haftbar zu machen.

Nestor?

Wenn in der Schule was schiefgeht und sich keiner meldet, ist im Zweifelsfall immer der Sargwächter der Schuldige! Denn der hat laut Schulordnung den ganzen Tag über ein Auge offen zu halten. Damit den Schülern nichts passiert. Und sie schön in ihren Särgen bleiben.
Nestor wies alle Schuld von sich! Hatte nix bemerkt von Ashleys Verschwinden. Und zum Beweis zeigte er seine schwarze Augenklappe herum. Könnten alle sehen, jenes eine wachsame Auge war klar außer Betrieb.
»Wenn er nichts SEHEN konnte, ob er dann wenigstens etwas GEHÖRT hat?«
Was kann ein Sargwächter schon hören, außer dem Schnarchen unter den Sargdeckeln?
»Zum Beispiel ein feines, verkokeltes Knistern.«
Hatte er nicht.
»Oder ein stärkeres Brutzeln?«

Hatte er ebenfalls nicht gehört, der Nestor. Wusste nicht mal, wie stärkeres Brutzeln klingt.
»So ähnlich wie Spiegeleierbraten.«
Nein, Spiegeleier hatte er nicht gebraten.
»Und gerochen? Auch nichts gerochen? Wenn etwas verbrennt, besonders ein ganzer Schüler, dann riecht man doch etwas!«
Nö, hatte nichts gerochen, Nestor. Außerdem roch es ständig nach vielem Verbrannten in der Gruft. Gruftines verschmorter Spinnenauflauf gestern, oder Zähnchens frisch geschweißte Zahnspange. Und Fletschers abgefackelte Barbiepuppe erst! Von Krümels verkohlten Hausaufgaben ganz zu schweigen.
Ergebnis: Nestor war kein Hörwächter und kein Riechwächter. Sondern eindeutig Sargwächter. Und als solcher diesmal ausnahmsweise unschuldig.

Oxford?

Wenn der Sargwächter ausfällt, ist meistens der Klassenlehrer dafür verantwortlich, wenn einer seiner Schüler verbrennt. Doch Oxford wies ebenfalls alle Schuld von sich. Von wegen mangelnde Aufsichtspflicht! Von wegen der Lehrpflicht nicht Genüge getan! Ein Blick ins Klassenbuch bewies das Gegenteil:
»Mondnacht. Jener Schüler hat heut ständig das S-Wort im Mund geführt. Fand dies, wie er sich ausdrückte, sehr kuhl.«
Oder Diensnacht: »Jener Schüler hat die ganze Nacht lang Guten-Tag-Lieder gesungen. Fand dies ebenfalls sehr kuhl.«
Donnersnacht: »Jener Schüler hat sich ständig lustig gemacht über alte Weisheiten, fand dies wieder sehr kuhl.«
Oxford fand: »Jener kuhle Schüler ist selber schuld, wenn er verbrennt!«

Ashley?

Ja, also da war was dran, nickte der ganze Vampirsaal. Ashley sah zwar sehr mitgenommen aus und schien bestraft genug, aber warum nicht? Warum eigentlich nicht Ashley? Warum sollte Ashley nicht selber Schuld haben?

»Weil«, wie richterliche Oberhoheit Nasferatu befand, »jener Schüler erst 65 Jahre alt ist!«

»Erst 65 Jahre?«

»... und damit eindeutig minderjährig.«

Minderjährig? Das hatten sie nicht gewusst.

Da war kein Einspruch möglich.

Hatte am Ende also gar keiner Schuld?

Ging doch nicht!

Und ob einer Schuld hatte! Das hieß, nicht nur einer, sondern gleich zwei!

»Gleich zwei?«

»Wer denn?«, rätselte der Kongress.

»Wer kann das sein?«

Nomen est omen

»Die Eltern! Ashleys Eltern haben Schuld.«
»Die Eltern?«, heulte es aus allen Eckzahn-Mündern wider, dass die Gruft erschauerte. »Die Eltern sollen schuld sein, dass ihr eigen Fleisch und Blut zu Asche zerfallen ist?«
»In der Tat, liebe Mitsauger!
Denn sie waren es, die Ashley seinen verhängnisvollen Namen gegeben haben. Und wie jeder von uns weiß: Nomen est omen!«

»Nomen est omen!« wiederholen alle.
»Dein Name ist dein Schicksal. Sag mir, wie du heißt, und ich sage dir, was aus dir wird. Wenn Eltern ihr Kind Siegmond nennen, wird es irgendwann siegreich sein. Wenn ein Schüler Fletscher heißt, wird er eines Nachts erfolgreicher Blutsauger. Und der Name Zähnchen bürgt dafür, dass man sich immer gut durchbeißt als Vampir. Aber wenn man Ashley heißt, was, liebe Mitsauger, passiert dann eines Tages?«
»Man wird zu Asche!«
»Asche, Asche!«
»Richtig! So einfach ist das.
Kein verantwortungsvoller Erziehungsberechtigter tauft sein Kind auf den Namen Ashley.«

Ashleys Eltern waren echt überAscht. Damit hatten sie nicht gerechnet. Dass sie jetzt selber ... Aber es kam noch dicker.

Kehrblech-Endung

»Sie haben nicht nur für den Namen gesorgt, sondern auch für sein dazugehöriges Schicksal. Die Kehrblech-Endung.

Immer wenn Klein Äschli was ausgefressen hatte, was ja mal vorkommen konnte, sofort prophezeit, und die Sargnachbarn könnten das bestätigen:

»Wenn du so weitermachst, wirst du eines Tages noch auf dem Kehrblech enden!«

»Das haben wir gesagt?«

Wenn er die ganze Blutwurst alleine aufgefuttert hatte: »Du wirst eines Tages noch auf dem Kehrblech enden!«

Wenn er die Grabsteine bunt angemalt hatte: »Du wirst eines Tages noch auf dem Kehrblech enden!« Und wenn er zu spät zur Schule flog: »Wart ab, du wirst noch auf dem Kehrblech enden!«
Kehrblech, Kehrblech. Immer wieder Kehrblech. So lange bis er tatsächlich auf demselbigen gelandet war. Omen!

Gespeichert

Nach so klarer und schlagender Beweisführung blieb den reumütigen Eltern nur eines übrig: Alle Schuld auf sich zu nehmen und aufrichtig Besserung geloben.
Und eine ganze Nacht lang still zu sitzen.
Damit man sie nach alter transsilvanischer Sitte auf einem Gemälde festhalten konnte.

Leise rieselt der Ashley

»Bin ich jetzt wieder gesund?«
Eigentlich nicht. Denn wenn man genau hinsah, hatte die Klärung der Schuldfrage nicht im Geringsten zu Ashleys Heilung beigetragen. Er krepelte immer noch am Boden herum. Musste ständig Angst haben, weggeweht zu werden. Oder aus Versehen im tiefsten Staubsaugerbeutel zu landen.

Und der Job im Stundenglas war auch nicht grade lustig. Rieseln, bis der Arzt kommt. In einer Tour.
Und nicht nur rieseln, sondern immer schön gleichmäßig rieseln. Von oben nach unten. Schön durch die Mitte. Kaum hatte er sich durch diese durchgezwängrieselt, war endlich unten angekommen, wurde er schon auf den Kopf gestellt, um von vorne loszurieseln.

Kurz: Ashley wollte keine Riesel-Asche mehr sein. Wollte endlich wieder nicht rieselnder Blutsauger sein, der bei Vollmond durch die Lüfte fliegt.
Musst ja nicht gleich ein Super-Dracula sein. Oder sonstiger Überflieger, nein, nur ein ganz normaler Vampir. Wie du und ich.

Bitte-Bitte-Gedicht

Und weil es bisher immer geholfen hatte, den finsteren Mächten ein Gedicht aufzusagen, hatte Ashley gleich mal selber eins erfunden. Ein richtiges Bitte-Bitte-ich-will-es-nicht-wieder-tun-Gedicht, das er vor dem großen Denkmal Draculas auswendig und von Herzen kommend vortrug:

**»Lieber guter Dracula,
erhör mein Flehn und sage Ja!
Tu ein bisschen Gnade zeigen,
lass mich aus der Asche steigen.
Will auch nie mehr in die Sonne gehn
das S-Wort in den Mund reinnehm.
Immer glauben, was der Lehrer sagt,
Nur antworten, wenn man mich fragt.
Keine uncoolen Reden mehr schwingen
und ganz korrekt Gutenachtlieder singen.
Zum Beispiel: Der Mond ist aufgegangen,
die goldnen Sternlein prangen.
Wenn du mich jetzt erhört hast,
könntest du mir ein Zeichen geben?
Kurzes Ja genügt. Oder ein Nicken...«**

Aber kein Zeichen kam.
Nichts nickte. Nichts sagte kurz Ja. Was nicht verwunderlich war bei Denkmälern. Sind oft schwerhörig. Und als kleines Asche-Stimmchen dringt man selten bis zum versteinerten Ohr vor.
Dann halt nicht.
Dann eben was anderes versucht.

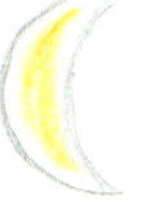

Werwolfgang

Zähnchen hatte nämlich eine Superidee, wie Ashley doch noch seinem Schicksal entkommen könnte.

»Wenn Nomen omen ist, dann am besten für Ashley einen neuen Namen suchen! Einen tierisch vampirischen Namen. Der ihn wieder zum echten Blutsauger werden lässt.«

Fand Ashley sofort gut. Einen neuen, fetzigen Namen!

Gruftine schlug SPINNEBERT vor.

»SPINNEBERT?«

»Ja, SPINNEBERT VON TARANTULA!«

Wusste Ashley nicht so recht. Mochte eigentlich nichts mit Spinne heißen. Klebte er am Ende statt auf Kehrblech im Netz. Oder landete in einer von Gruftines Spinnbein-Suppen.

»Wie wär's mit SARGFRIED?«

»Oder HUUUHBERT?«

»Am besten ist mein Name!«, verkündete Fletscher. Aber da der schon vergeben war, schlug er den zweitfetzigsten aller Namen vor, der da hieße: WOLFGANG, oder noch besser: WERWOLFGANG! Der gefiel Ashley. Und er nannte sich umgehend Werwolfgang.
»Wie heiß ich?«, fragte er Krümel.
»Werwolfgang.«
»Wie heiß ich?«, fragte er die andern.
»Werwolfgang, Werwolfgang, Werwolfgang…!«
Und damit sein neuer Name doppelt schnell wirkte, heulte Werwolfgang zusammen mit den Werwölfen ein gemeinsames markerschütterndes Ahhhuuuu! dem Mond entgegen.

»Ich, Werwolfgang, habe soeben Aahuuuu! geheult. Und ich, Weeerwoooolfgang, werde noch einmal heulen: Aahuuuu!! Habe ich, Weerwolfgaaang, nicht gut geheult?«
Nachdem er eine Menge Ahuu! geheult und 156 Mal seinen neuen Namen verkündet hatte, umringten ihn die Klassenkameraden. Sie schauten ihn neugierig an und wollten wissen, wie Werwolfgang sich jetzt fühlte. Ob er schon was spürte.

Spürst du schon was?

Und ob Werwolfgang was spürte! Erst ein bisschen, dann immer mehr, ein leises Prickeln, ein Zischen und Rauschen, dann sogar ein gewaltiges Rauschen, spürte, wie er immer größer wurde, förmlich anwuchs. Über sich hinauswuchs, ha, könnte glatt wieder Bäume ausreißen, auf der Stelle die nächste Halsschlagader verputzen, was heißt hier Halsschlagader, 'ne ganze Blutbank überfallen, he, Leute, wer kommt mit?

Keiner kam mit.
Denn der Glaube versetzt bekanntlich nur Berge und keine Aschehäufchen. Für die war nach wie vor der Wind zuständig. Besonders der, der eben durchs offene Fenster fuhr und Werwolfgang respektlos über den Boden blies, der Werwolfgang unfreundlich in Ritzen und Kanten verteilte, sodass sich Werwolfgang gar nicht mehr so anwachsend fühlte, eher wieder abwachsend, immer kleiner und flacher werdend.

Und sehr verteilt. Bis er sich am Ende wieder als zusammengefegtes Aschehäufchen auf dem Kehrblech einfand.

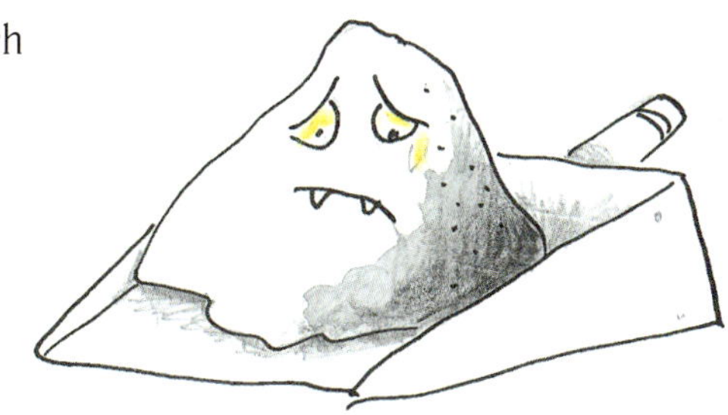

Vampirisch-magisches Gruftbuch

Wie konnte er je wieder Vampir werden?
»Jetzt nicht aufgeben, Ashley!«, ermuntert ihn Gruftine.
Auch die andern Klassenkameraden machten ihm Mut.
»Halt durch!«
»Wo ein Wille ist, ist auch ein Wunder!«
Ashley hatte eine Menge Willen. Aber was tun, um ein Wunder anzulocken?

»Wir müssen nach einem Zeichen suchen!«
»Ein geheimnisvolles Zeichen.«
»Wo irgendwas mit Asche drin vorkommt.«
»Und die magische Zahl sieben.«
Klar, denn alle Wunder haben irgendwo eine Sieben.
Auf geht's!
Fletscher rannte in die Müllgruft und stürzte sich mit wildem Gebrüll auf jeden siebten Ascheimer. Doch keine Spur vom geheimnisvollen Zeichen.
Zähnchen checkte siebenmal das Internet, und Krümel blickte die ganze Nacht in Richtung Siebengebirge, ob irgendwo am Horizont was zu erkennen war.
Gruftine, Krümel und Olli schlugen Punkt sieben Uhr das Große Vampirische Gruftbuch auf. Den berühmtesten aller transsilvanischen Ratgeber, mit über 7.777 Beiß- und Stichwörtern. Aber auch hier nichts. Nur Erklärungen, wie man von Vampir zu Asche wird. Aber nicht umgekehrt.

Vampirisch-magisches Radio

Wie so oft findet sich die Wahrheit nicht in Büchern oder am Grunde von Ascheimern, sondern in Liedern.
Eines Nachts, als sie sich alle ums vampirisch-magische Gruftradio versammelt hatten, um der transsilvanischen Hitparade zu lauschen, hörten sie plötzlich ...

»Pssst ...«
»Könnt ihr's hören?«
Ja, ganz deutlich. Durch das Rauschen und Piepsen des Senders hindurch jene Botschaft, nach der sie so lange gesucht hatten. Jenes geheimnisvolle Lied, in dem viele Siebener vorkamen, jede Menge Brücken und dunkle Jahre. Und auch von Asche war die Rede.
Nicht nur von Asche allgemein, sondern endlich die lang ersehnte Anleitung, was man als kleines Ashleyhäufchen tun musste, um wieder Vampir zu werden:

»Über sieben Brücken musst du gehn,
sieben dunkle Jahre überstehn,
sieben Mal wirst du die Asche sein,
aber dann Vampir im Mondenschein.«

Eine Menge Arbeit für ein Wunder, mögen einige denken. Doch manche Wunder wollen eben, dass man ihnen etwas entgegenkommt. Und Ashley, der überglücklich war, kam ihm nicht nur, er rollte ihm sogar entgegen.
Mithilfe seiner Klassenkameraden und zwei kleiner Räder unterm Kehrblech, die er von Krümels Spielzeugsarg geliehen hatte.

Damit überquerte er glatt alle sieben Brücken. Eine nach der andern. Von der Schule hoch oben bis hinunter ins Tal.
Erster Teil der Aufgabe erledigt!
Jetzt nur noch schnell sieben dunkle Jahre überstehn, und dann ...
Aber wie machte man das? Sieben Brücken war 'ne klare Ansage.
Man wusste, wenn man eine überquert hatte, wo eine anfing und wo sie aufhörte.
Aber sieben dunkle Jahre?

Sieben dunkle Jahre

Woran erkennt man sieben dunkle Jahre?
Ganz einfach! Man erkennt sie daran, dass man eines Nachts plötzlich verschwunden ist, dass überall nach einem gesucht wird und man trotzdem nicht gefunden wird.
Warum?
Weil man nämlich, husch husch, unter den Teppich gekehrt worden ist. Genauer, unter den Werwolf-Teppich. Aus reiner Bequemlichkeit, und zwar von einem Schüler namens Tinto. Der grade Kehrwoche hatte.

Und man erkennt sie ebenfalls daran, dass man sieben Jahre später zufällig wiederentdeckt und unter jener muffigen Behausung hervorgeholt wird.

Großes Happy End

Aber was für eine Wiederentdeckung das war!
Was für eine glorreiche Wiedergeburt! Die ganze Gruftwelt staunte Grabsteine.

Kaum dass Ashley unterm Teppich hervorgeholt worden war, begann das Wunder.
Wuchsen ihm wieder Flügel. Echte Fledermaus-Vampirflügel. Erst kleine, dann immer größere. Und er flatterte und flatterte, erhob sich höher und höher, jauchzend aus der Asche. Wie Phönix persönlich!
Besen, goodbye! Staubsauger, ade! Bodenritzen, ihr könnt mich mal!
Die Fenster weit aufgesperrt, und hinaus ins Freie flog Ashley, der Star des Abends.

»Ich kann wieder fliegen!«
Er fletschte die Zähne.
»Ich kann wieder beißen. Bin wieder Vampir!«
Ja, und er konnte wieder am Unterricht teilnehmen, endlich wieder in einem richtigen Sarg schlafen. Als wenn's nie anders gewesen wär.
Oxford wackelte mit den Ohren. Nasferatu konnte es kaum glauben, und Seine Exzellenz Graf Lester erklärte Ashley umgehend zum Vorzeigeschüler. Dr. Eisenbluth staunte und staunte, wer hätte das gedacht, gegen alle Schulmedizin. Und Ashleys Eltern erst. Waren froh und erleichtert. Nomen schien also doch nicht so omen zu sein.

Kleines Kehrblech-End

Als krönenden Abschluss schnappte sich Ashley das Kehrblech und nahm es mit hinauf ins höchste Turmstübchen. Nicht um dort zu fegen oder auszukehren, nein, er wollte das alte Stück endgültig loswerden. In hohem Bogen ins Jenseits befördern.

Oxford ermahnte ihn noch: »Man wirft kein altes Kehrblech weg!«
Wieso sollte er das nicht tun?
»Weil man nie weiß, wozu man es noch brauchen kann!«
Und Oxi hatte recht.
Nur kurze Zeit später, so sieben Tagen ungefähr, musste in den geläuterten Ashley wieder jenes unheimlich Coole gefahren sein. Plötzlich wusste er wieder genau, wo's langgeht und was Sache war. Motzte wieder über seine Schlafgelegenheit, von wegen alte Fichtensärge, total uncool! Fing an, wieder Gutentaglieder zu singen, und nahm immer öfter das S-Wort in den Mund.
Und noch kürzere Zeit später roch es wieder verbrannt von draußen, stiegen wieder ein paar Rauchwölkchen vor dem Fenster auf und verteilten sich im Klassenzimmer. So lange bis er eines Abends wieder schweißgebadet auf einem Kehrblech erwachte.

Etwas verwirrt. Mit kleinen Wölkchen über ihm. Was ganz normal ist, wenn er sich nicht wohlfühlt. Aber die jetzt immer heftiger qualmen.

»Was ist los mit dir, Ashley?«

Ashley: »Ich hatte einen furchtbaren Traum. Den schrecklichsten, den ein Vampir je haben kann!«

»Erzähl uns! Lass hören!«

Die kleinen Vampire stellen Ashley auf den Sargddeckel, um sein verrauchtes Stimmchen besser hören zu können.

Und Ashley fängt an: »So was Verrücktes hab ich noch nie geträumt …«

cbj ist der Kinder- und Jugendbuchverlag
in der Verlagsgruppe Random House

Umwelthinweis:
Dieses Buch wurde auf chlorfrei gebleichtem
Papier gedruckt.

Gesetzt nach den Regeln der Rechtschreibreform

1. Auflage 2009

Umschlagbild und Innenillustrationen: Jackie Niebisch
Lektorat: Martina Patzer
Umschlagkonzeption: Atelier Langenfass, Ismaning
MP · Herstellung: WM
Satz und Reproduktion: Lorenz & Zeller, Inning a. A
Druck: TBB, Banska Bystrica
ISBN 978-3-570-12892-3
Printed in the Slovak Republic

www.cbj-verlag.de

Jackie Niebisch

Die Schule der kleinen Vampire – Die Prüfung

96 Seiten, farbig illustriert, ISBN 3-570-12891-1

Olli kann kein Blut sehen. Höchst blamabel für einen Vampir, noch dazu, wenn man der Sohn des Direktors der Ganznachts-Schule ist. Während seine Mitvampire eifrig üben, sich in Fledermäuse zu verwandeln, hat Olli Panik vor der großen Prüfung: dem Vampitur. Ob eine Marmeladenkur helfen kann, Olli von seinem Trauma zu befreien?

Klaus Heilmann

Der kleine Teufel Angelino und die Engelsbande

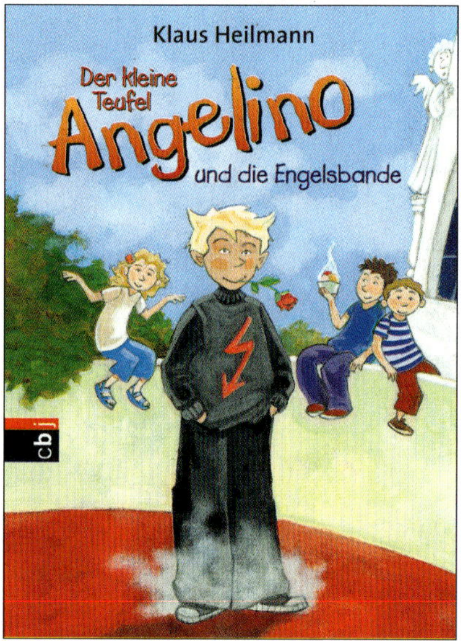

96 Seiten, farbig illustriert, ISBN 978-3-570-12877-0

Der kleine Teufel Angelino ist unglücklich: Der Höllenfürst Luzifer hat ihn aus der Hölle verbannt. Und so landen er und sein Hund Zerbi auf der Erde, ausgestoßen und aller teuflischen Zauberkräfte beraubt – fast aller. Hier lernt Angelino Basti und seine Freunde kennen und gemeinsam bestehen sie aufregende Abenteuer. Doch am Ende muss der kleine Teufel weiterziehen, neuen Abenteuern entgegen ...

7425

cbj

www.cbj-verlag.de